FAMOUS BOOK OF THE WORLD
精典世界名著 01
The 80 stories of Aesop's Fables
經典童話注音版
伊索寓言
80篇 1
Quipeiqi / Eason
Chen chia chun
Chuchu Bug / Yun TT
繪 Allustrator
親子快樂讀
繪本27篇
大智文化
Wisdom Culture

目錄 CONTENTS

狐狸和葡萄
ㄏㄨˊ ㄌㄧˊ ㄏㄜˊ ㄆㄨˊ ㄊㄠˊ
◎ 024

獅子和老鼠
ㄕ ㄗˇ ㄏㄜˊ ㄌㄠˇ ㄕㄨˇ
◎ 012

放羊的孩子
ㄈㄤˋ ㄧㄤˊ ㄉㄜ˙ ㄏㄞˊ ㄗ˙
◎ 018

螞蟻和蟋蟀
ㄇㄚˇ ㄧˇ ㄏㄜˊ ㄒㄧ ㄕㄨㄞˋ
◎ 028

牛和青蛙
ㄋㄧㄡˊ ㄏㄜˊ ㄑㄧㄥ ㄨㄚ
◎ 008

烏龜和老鷹
ㄨ ㄍㄨㄟ ㄏㄜˊ ㄌㄠˇ ㄧㄥ
◎ 004

山羊與驢
ㄕㄢ ㄧㄤˊ ㄩˇ ㄌㄩˊ
◎ 058

百靈鳥搬家
ㄅㄞˇ ㄌㄧㄥˊ ㄋㄧㄠˇ ㄅㄢ ㄐㄧㄚ
◎ 054

蝙蝠與黃鼠狼
ㄅㄧㄢ ㄈㄨˊ ㄩˇ ㄏㄨㄤˊ ㄕㄨˇ ㄌㄤˊ
◎ 050

生金蛋的雞
ㄕㄥ ㄐㄧㄣ ㄉㄢˋ ㄉㄜ˙ ㄐㄧ
◎ 044

兩隻狗
ㄌㄧㄤˇ ㄓ ㄍㄡˇ
◎ 040

驢與騾子
ㄌㄩˊ ㄩˇ ㄌㄨㄛˊ ㄗˇ
◎ 036

龜兔賽跑
ㄍㄨㄟ ㄊㄨˋ ㄙㄞˋ ㄆㄠˇ

愛計較的鸚鵡 062
狐狸和山羊 068
小羊和狼 074
野豬和狐狸 078
驢子與小狗 082
農夫和他的孩子們 086
野驢和家驢 090
騾子和強盜 094
肚脹的狐狸 098
獅子和兔子 102
狐狸分肉 106
狼與老太婆 112
山鷹與狐狸 116
螞蟻和鴿子 120
伊索寓言的魅力 124
伊索要教育孩子的事 125

烏龜和老鷹

有一隻烏龜，他認為自己很聰明，只要是他願意學的，沒有學不會的。

有一天，烏龜看到老鷹在空中自由自在的飛翔，非常羨慕的想著：

「如果我也能飛上天空，那該有多好啊！」

於是，烏龜就拜託老鷹教他飛行。

「不行，不行！你沒有這個本領，我也無法教你的。」老鷹勸烏龜死了這條心。

但是，烏龜不願意放棄，再三懇求。老鷹只好很無奈的說：

「好吧！我帶你飛到天空上，試試看吧！」

Illustrator / Eason

老鷹就用他的爪子抓起烏龜，一起飛上天去了。

剛開始，烏龜看著老鷹在空中飛行的技巧。看著、看著，烏龜認為就是拍動自己的雙手，很簡單，認為自己已經掌握了飛行的本領。

於是烏龜讓老鷹放開他，他打算自己飛行了。

「咻～」，沒想到老鷹一放開他，他就直接從天上掉下來，被摔得粉身碎骨。

Illustrator / Eason

牛和青蛙

兩隻小青蛙在池塘邊遊玩，這時走來了一隻牛，也要到池塘邊喝水。到了池塘邊，牛一個不小心，把一隻青蛙給踩死了。

另一隻小青蛙第一次看到這麼大隻的動物，還一腳就把他的青蛙哥哥踩死，嚇的拔腿就跑，一路狂奔的逃回家。

Illustrator / Eason

「媽媽，媽媽，不好了，不好了，有一隻大怪物，一腳就把哥哥給踩死了。」

青蛙媽媽沒見過牛，也沒看過像牛一樣大的動物，有點不信的吸了一口氣，把自己的肚子鼓起來。

「很大？有我現在這麼大嗎？」

「不，不，比你現在還要大很多很多。」

青蛙媽媽不服輸，於是再用力的吸了一口氣，把自己的肚皮吹的像要飛起來的氣球一樣大。

「他應該沒有比我這樣大了吧？」

「不，不，還要再更大。」

青蛙媽媽聽到小青蛙這樣說，便拼了命的，再用力吸一口氣。

「蹦！」一聲巨響。結果，青蛙媽媽肚皮因為鼓的太大，爆開了。

Illustrator / Eason

獅子和老鼠

森林裡，萬獸之王的獅子正在山洞裡睡著香甜的午覺，突然有一隻小老鼠從獅子的身上爬了過去，獅子受到老鼠的打擾，一下子就驚醒了。

獅子被驚醒後非常生氣，一把就抓住了小老鼠的尾巴，準備將小老鼠吃掉。

這時的小老鼠非常害怕，嚇的全身發抖的對獅子求饒的說：

Illustrator / Quipeiqi

「對不起，獅子大王，求求你饒了我這一次好嗎？我將來一定會報答您的！」

「哈！哈！哈！我堂堂的森林之王，將來還會需要你這隻小老鼠的報答嗎？」

獅子一邊講，一邊笑的合不攏嘴。

「算了，算了！我今天就饒了你一命，看你以後如何報答我。」獅子便把小老鼠給放了。

Illustrator / Quipeiqi

幾天之後，獅子在森林中不小心被獵人設下的陷阱給網住並吊在了樹上，無論獅子如何掙扎吼叫，都無法逃出來。

就在不遠處，那隻小老鼠聽到了獅子的哀嚎後，立刻跑了過來說：「大王您別怕我馬上救您下來」。

於是，小老鼠馬上爬到網子上，用他尖銳的牙齒努力咬斷繩子並救出了獅子。

獅子被小老鼠救下之後，對著小老鼠說：

「沒想到弱小的你，竟有如此強大的力量，更懂得知恩圖報啊！」

Illustrator / Quipeiqi

放羊的孩子

從前，有一個放羊的孩子，每天都要去山上放羊。

在山下種田的農夫告訴他，山上有許多狼，如果發生危險時，只要大聲呼救，就會過來幫他。

有一天放羊時，
他覺得十分無聊，就
想試試大家是否真的
會跑來幫他。

Illustrator / Eason

於是，他向著山下正在種田的農夫們大聲喊：「狼來了！狼來了！救命啊！羊被狼吃掉了！」農夫們聽到呼救聲，急忙拿著鋤頭和棍棒趕往山上去幫他。

農夫們氣喘吁吁地趕到山上一看，根本沒有發現狼，只看見放羊的孩子站在一旁捧腹大笑。

農夫們很生氣的告誡孩子，不要說謊來捉弄別人，然後就紛紛的走下山。

第二天，放羊的孩子又覺得好無聊，找不到東西可玩，於是他又惡作劇的大喊：

「狼來了！狼來了！狼真的來了！救命啊！」

善良的農夫們又衝上來幫他打狼，可還是沒有見到狼的影子，只見放羊的孩子又在一旁哈哈大笑。農夫們氣呼呼的對他說：

「小孩子，你一再地說謊，我們不會再相信你說的話被你騙了。」

Illustrator / Eason

過了幾天，狼真的來了，一下子闖進了羊群。放羊的孩子害怕極了，拼命地向山下的農夫們喊：

「狼來了！狼來了！快救命呀！狼真的來了！」

農夫們雖然聽到他的呼救聲，但都以為他又在說謊，根本不願意去理他、幫他，結果孩子的許多羊都被狼咬死吃掉了。

Illustrator / Eason

狐狸和葡萄

有一隻肚子餓的「咕嚕、咕嚕」叫的狐狸在到處找東西吃。

走著走著，狐狸走到了一個果園。

「哇！」好多又漂亮又好吃的葡萄啊！

狐狸看著葡萄架上，長滿了一串串熟透而多汁的葡萄。

Illustrator / Chuchu Bug

狐狸開心的往上一跳，卻無法摘到葡萄。

於是他後退了幾步，再向前一衝，跳起來，還是摘不到。

不死心的狐狸，一次，兩次，三次的跳啊！跳啊！卻都還是不夠高，摘不到葡萄。

最後，累的再也跳不動的狐狸，看著葡萄架上的葡萄對自己說：

「這些葡萄還沒成熟、肯定是酸的，我摘下來一定也不好吃啊！」

於是，狐狸拖著疲憊的腳步慢慢離開，放棄了。

Illustrator / Chuchu Bug

螞蟻和蟋蟀

「嘰哩~嘰哩嘰哩~~」

森林裡傳來了一陣陣開心的歌唱聲，但歌聲中卻還夾雜著「嘿！嘿！」的喘息聲。」原來這是蟋蟀正高興唱著歌，以及螞蟻在旁邊辛勤工作的喘息聲。

蟋蟀看著螞蟻上氣不接下氣的拼命工作：

「喂！喂！螞蟻先生，為什麼要那麼努力呢？像我這樣唱唱歌，不是很好嗎？」

「不行喔！現在我們不努力多儲存一些食物，到了冬天找不到食物，我們就要挨餓了啊！怎麼能玩呢？」

「哼，傻瓜！幹麻去想那麼久的事呢，我現在就要先好好玩個痛快！」

Illustrator / Eason

轉眼間，寒冷的冬天終於來了，天空開始飄下綿綿的雪花，北風也「呼呼」地吹著刺骨的寒風。

螞蟻們紛紛窩在自己溫暖的家中，欣賞著窗外雪白的風景，吃著夏天儲存下來的食物，高高興興的唱著歌呢！

就在這一片白茫茫的森林裡，螞蟻突然看到有一隻消瘦到不成樣子的蟋蟀，正到處尋找著食物，而且臉上發出痛苦及懊惱的表情。

Illustrator / Eason

龜兔賽跑

有一天，兔子在路上碰見正慢慢爬行的烏龜，於是嘲笑他說：

「烏龜啊！我們都有四條腿，為什麼你走起路來總是這麼慢啊！」

烏龜聽了很不服氣的說：

「那我們來賽跑吧，看看誰跑的比較快。」

兔子聽了哈哈大笑說：

「好，那就來比賽賽跑吧！」

一、二、三，開始。

兔子馬上衝了出去，跳、跳、跳，不停的跳，一會兒的時間，兔子就已經跑的好遠好遠了。

回頭一看，烏龜卻還在遙遠的起跑點旁邊，一步一步慢慢的往前爬。

Illustrator / Chuchu Bug

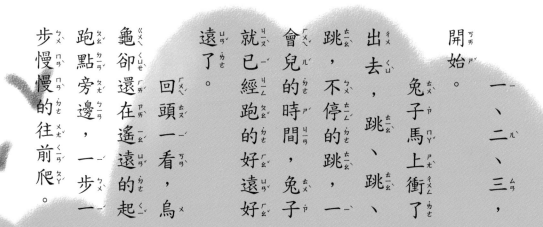

兔子覺得很好笑，便喃喃自語的說：
「這麼慢的烏龜，也敢跟我比賽跑，我還是先休息一下再繼續吧！勝利肯定是我的。」
兔子躺著、躺著，不知不覺就睡著了。
這時的烏龜依然慢慢的往前爬，完全沒有休息的意思。

當兔子醒來的時候，大吃一驚！烏龜已經快到終點了。

兔子急急忙忙的往終點衝過去，可是已經來不及了。

烏龜已經抵達了終點。

Illustrator / Chiuchu Bug

驢與騾子

一個商人要到城裡做買賣，他將商品平均放在驢與騾子的背上，然後牽著驢和騾一起出發了。

走了一段時間後，驢子開始氣喘吁吁，感到體力不支，越走越慢。

於是驢子發出了求救聲：「騾子好友，你可否幫我分擔一部分行李，我感覺我快要撐不住了。」

Illustrator / Eason

走在前面的騾子假裝沒聽到，更加快腳步，離驢子遠遠的。

不久，驢子因體力透支而臥地不起，死了。

商人只好將驢子所背負的物品，全都搬到騾子的背上。

兩倍的重量這麼一壓，騾子不堪重負地呻吟著：

「我真是活該！要是剛才我稍微幫驢子背一點，現在也不會載著全部的東西，壓得喘不過氣來。」

Illustrator / Eason

兩隻狗

有一個獵人養了兩隻狗，一隻是用來看家的看門狗，另一隻是用來打獵的獵犬。

獵人每天都讓看門狗待在家裡看家，然後帶著獵犬上山打獵。

但每次，從山上打獵回家後，獵人總是會分一大份的獵物賞給看門狗吃，而且似乎都比獵犬分到的更多。

Illustrator / Eason

久而久之，獵犬心裡就越不開心，於是向看門狗說：

「我每天在山上拼命的追趕獵物，你知道有多辛苦嗎？

然而，你每天都不用做，只是在家裡睡覺休息，得到的獎賞卻都比我多，這樣公平嗎？」

看門狗聽完後，對獵狗說：「朋友，你不要責怪我，要怪應該去怪主人啊，並非我不工作不打獵，是主人不讓我工作打獵的啊！」

Illustrator / Eason

生金蛋的雞

有一個貧窮的農夫養了一隻雞，每天早晨，他都會到雞窩裡來餵雞吃飯。希望雞多吃一點，多生一些小雞，好讓他過上好日子。

一天早晨，農夫依然到雞窩準備餵雞吃飯。

當農夫走近雞窩時，發現雞窩中有一顆閃閃發光、黃澄澄的蛋，驚喜地發現這是一顆金蛋。

「哇！真是太神奇了！」農夫把金蛋賣掉後，拿到好多錢，心裡真是開心的不得了。

Illustrator / Quipeiqi

第二天一大早，農夫走到雞窩時，發現雞又下了一顆金蛋。

「實在是太好了，又生了一顆金蛋啊！」農夫又把金蛋賣掉，拿到好多錢。

從此以後，這隻雞每天都下一顆金蛋，農夫生活也越來越富裕了。

但是，農夫的心也就越來越不滿足了，他想：

「一天才生一顆金蛋，似乎太慢了，我干脆把他的肚子打開，一次把所有的金蛋拿出來，這樣我不是一下就變成大富翁，這不是更好嗎？」

Illustrator / Quipeiqi

於是，農夫馬上跑到廚房裡拿了一把菜刀，高高興興的把雞給殺了。

「啊！怎麼肚子裡一顆蛋都沒有呢？」農夫又焦急、又失望的看著一動也不能動的雞後悔著。

因為過慣了富裕的生活，不久後，農夫就將賣金蛋換來的錢花光了，所以農夫又開始過回貧窮的生活。

Illustrator / Quipeiqi

蝙蝠與黃鼠狼

一隻蝙蝠漫不經心的在樹林裡到處亂飛、亂竄。

「框！」一個不小心，不專心的蝙蝠撞到了大樹上，掉落在地上。

這時，剛好就被路過的黃鼠狼看到，一把就將蝙蝠給抓住了。

「求求你放過我吧！」蝙蝠含著眼淚哀求黃鼠狼饒他一命。

黃鼠狼兇狠狠的說：「哈，我最痛恨鳥類了，所以我絕不放過你。」

蝙蝠一聽，靈機一動說：「你看我有尖尖的牙齒跟鼠爪，我是一隻老鼠，我哪裡是鳥類啊！」

黃鼠狼聽完後，看看蝙蝠的牙齒跟鼠爪，便放了蝙蝠。

Illustrator / Eason

過了幾天，蝙蝠又是不小心撞到了大樹，再一次掉落在地上。

倒楣的蝙蝠，又被另一隻黃鼠狼看到，再一次給抓住了。

蝙蝠依舊含著眼淚哀求黃鼠狼饒他一命。

這隻黃鼠狼一樣兇狠狠的說：「哈，我最痛恨鼠類了，看著你們尖尖的牙齒跟鼠爪，我就討厭，所以我絕不放過你。」蝙蝠一聽，又馬上靈機一動改口說：

「我才不是老鼠呢！你看我有一對大大的翅膀，我是一隻鳥啊！」

黃鼠狼聽完覺得很有道理，於是又把他給放了。

Illustrator / Eason

百靈鳥搬家

春天到了，一隻百靈鳥飛到嫩綠色的麥田做巢，並生兒育女的住了下來。

小百靈們一天天長大，羽毛慢慢豐滿，也能飛行了。

有一天，麥田的主人見到已成熟的麥子，喃喃自語的說：

「看來，麥田可以收割了，我應該去請一些鄰居們來幫我收割。」

一隻小百靈鳥聽到這話後，便急忙告訴她媽媽：

「媽媽，麥田的主人要割田了，我們趕快搬到別的地方去住吧！」

Illustrator / Chen chia chun

百靈鳥媽媽聽完後，笑著對小百靈鳥說：「孩子，別擔心，他想找鄰居幫忙，就說明他並不是急切要收割，再等等吧！」

幾天過後，麥田的主人又來了，看到麥子熟透得掉了下來，急切地說：

「不能再等了。明天我就自己帶上工人自己收割吧。」

百靈鳥媽媽聽到這些話後，便向小百靈鳥們說：

「現在我們該搬家了，麥田的主人這次不再依賴鄰居，決定親自動手了。」

Illustrator / Chen chia chun

山羊與驢

一個人飼養著一隻山羊和一頭驢子。

驢子每天都要做很多粗重的工作，因此，他每天都有特別充足的飼料吃。

嫉妒心很重的山羊，看著驢子每天豐盛的食物，想讓驢子失去主人的寵愛。

於是心生一計，對驢子說：「你一會兒要推磨，一會兒又要搬沉重的貨物，真是辛苦。你何不假裝生病，摔倒在地上，不就可以趁機休息嗎？」

驢子聽完後，覺得山羊說的很有道理，就故意摔得遍體鱗傷。

Illustrator / Yun TT

主人看到驢子受傷無法工作，就請來醫生為他治療。

醫生看完驢子的病後，對主人說：

「這個病恐怕要將山羊的心肺熬湯做藥給他喝，才可以治好。」

主人心想：「反正這山羊沒什麼用處，還是把驢子的傷治好要緊。」

於是，主人馬上殺掉山羊去為驢子治病了。

Illustrator / Yun TT

愛計較的鸚鵡

一隻被飼養的鸚鵡，回森林裡探親。

森林的鳥兒都聚在了一起，開開心心的跟回來探親的鸚鵡吃飯聊天。鸚鵡炫耀的說著城裡的生活狀況：

「你們看，我的羽毛多光滑啊！每天，人類還都幫我梳理毛髮，給我好吃的糧食吃，還和我一起玩遊戲。」

Illustrator / Chuchu Bug

這時，一隻啄木鳥說話了：「現在人類都愛養寵物，對你好，只是在顯示自己的身份高貴吧！」

在旁邊的百靈鳥也幫腔的說：

「就是，就是，人類只是把你當做打發時間的寵物而已，他們不是真心對你好。

等你老了，羽毛不再漂亮，他們會毫不猶豫的把你拋棄。」

鸚鵡聽了大家的話覺得很有道理，認為自己之前實在太傻了。

Illustrator / Chuchu Bug

回到城裡後，鸚鵡開始變的不再聽人類的話了，也開始跟人計較了起來。

慢慢的，人類覺得這隻鸚鵡越來越壞了。

終於，人類無法忍受這樣一隻不聽話的寵物，只好把他拋棄。

被拋棄後的鸚鵡，不敢回森林老家，只好在外流浪。鸚鵡後悔的說：

「假如我當初不那麼計較，現在的生活就不會這麼落魄了。」

Illustrator / Chuchu Bug

狐狸和山羊

一隻狐狸到井邊喝水，卻一個不小心掉到井裡了。跳啊跳，爬呀爬，狐狸總是因為井裡的水太滑而不能成功的爬上去。

他只好乖乖的待在井裡，也沒有其他辦法了。

Illustrator/ Chen chia chun

過了一會兒，井邊又來了一隻口渴的山羊，打算找水喝。

正當山羊把頭往井裡靠近時，山羊看到了井裡的狐狸，狐狸也看到了站在井邊的山羊。

狐狸心想：「我要想辦法把山羊騙下來，這樣我就可以踩著山羊的背逃出去了。」

「真是好喝極了，真是痛快啊！」狐狸於是就在井裡一邊喝著水，一邊裝出很開心的樣子。

「真的這麼好喝嗎？」山羊很納悶的問著狐狸。

「這可說是天下第一井水，真是清甜爽口，你趕快下來跟我一起喝個痛快吧！再慢一點，我就自己把水喝完啊！」

Illustrator / Chen chia chun

一心只想喝水的山羊信以為真，便不假思索的跳了下去。

「咕咚~咕咚~」正當山羊低著頭專心喝著井水時，狐狸覺得機會來了，馬上踩上他的背，跳上井去。

山羊發現他上當了，希望狐狸能救救他上來。狐狸卻笑笑的說：

「喂，朋友，如果你在跳下來之前，能先動動腦子，就不會如此衝動的跳下去了！現在，你只能等著下一個傻瓜出現啊！」

Illustrator / Chen chia chun

小羊和狼

一隻小羊正在河邊喝著水，被一隻剛好經過的狼給看見了。

「好肥美的小羊啊！我要找出一個好的理由，讓他無法反抗我吃他的權利！」狼的心裡想著。

於是，狼故意很生氣的走到河邊對著羊說：「這條河裏的水是我的，你為什麼偷喝我的水？」

小羊很無辜的回答說：「這水是從山上流下來的，大家都可以喝，怎麼說是你的呢？」

Illustrator / Eason

狼為了正當的吃掉小羊，於是又找另一個理由，故意氣沖沖的說：

「就算這樣吧！我聽說，你去年總是經常在背地裏罵我，是不是？」

可憐的小羊無辜的喊道：

「啊！怎麼可能，去年我都還沒出生呢！」

這時狼已經不耐煩了，不想再找理由爭辯、浪費時間了，就大聲喊道：

「你這個小壞蛋！即使你反駁每一句話，反正都一樣，我要懲罰你、吃掉你！」

說著，就往小羊身上撲去。

Illustrator / Eason

野豬和狐狸

一隻野豬正在一棵大樹下磨著他的獠牙。

一隻狐狸被他「喀嚓！喀嚓！」的磨牙聲，吸引了過來：

「現在既沒有獵人，也看不見獵狗，你不趁機會好好休息，卻在瞎忙著磨牙，到底是有什麼用啊？」

野豬搖搖頭，回答說：

「就是因為現在沒有敵人，所以我必須先磨好牙，等到發生危險時，我才有尖銳的武器可以抵抗敵人！」

狐狸不以為意，認為野豬實在是多此一舉，就離開了。而野豬依然繼續磨著他的獠牙。

「救命啊！救命啊！」就在野豬繼續磨牙的時候，突然聽到了狐狸邊跑邊求救的聲音。

原來，狐狸正被一隻獵犬追著跑。

於是，野豬便用他磨好的獠牙打跑了獵犬，救了狐狸一命。狐狸這才明白，平時就應做好準備，才能應付將來的危險。

Illustrator / Eason

驢子與小狗

有一個人，養了一頭驢子跟一隻小狗。

主人回家時，小狗總會跑到面前伸著舌頭、搖著尾巴，一副非常開心的模樣。

主人外出吃飯，也會帶一些食物回來賞給小狗吃。

這樣的情景，看在每天只能辛苦工作，卻得不到任何獎賞的驢子眼中，非常的羨慕，心想：「我應該學學小狗，跟主人撒撒嬌，聯絡聯絡感情，打好關係才對。」

Illustrator / Eason

這時，主人剛好回來，驢子一看，機會來了。

驢子馬上跑到門口，伸著舌頭，向主人撲了過去。

主人突然被這笨重的驢子一撲，嚇了一大跳，並重重的摔倒在地。

主人氣的火冒三丈，於是拿起鞭子，毒打了驢子一頓後，就把他帶到馬槽邊用繩子拴了起來。

Illustrator / Eason

農夫和他的孩子們

農夫生病了，他希望孩子們能幫他到田裡工作。

但是，農夫的幾個孩子好吃懶做，根本不想做如此辛苦的農務。這使得農夫憂心忡忡，更加重了病情。

就在農夫快要不行時，他把幾個孩子們叫到床前交代後事：

「孩子們，在我們的田底深處，我藏有一批財寶。等我死後，你們就一起把它挖出來，分了吧。」

Illustrator / Eason

農夫過世後，他的孩子們拿了圓鍬和鋤頭，很勤奮的在田裡仔細地翻掘一遍，但卻找不到任何一件財寶。

孩子們有些疑惑，沉思一番後，小兒子說話了：

「我想，我們的田底下，根本沒有什麼財寶，如果有，這幾年我們何必生活的如此困苦？

父親的用意，應該是讓我們懂得凡事要靠自己耕耘、自己才能收穫。」

幾個孩子似有領悟的說：「既然地都翻好了，那就播種試試吧！」

果然，第二年的農作物長的比往年更加茂盛，他們也因此賣到了很多錢。

Illustrator / Eason

野驢和家驢

住在山林裡的野驢，每天都在為了三餐不停的忙碌著，一刻也不得閒。

一天，他到山下覓食，看到一隻有人飼養的家驢，正悠哉悠哉的躺在地上曬太陽。

野驢走到家驢的旁邊看了看，自己嘀咕著：「有人養著真好，每天都不愁吃穿，閒來沒事還可以做做日光浴。」

Illustrator / Quipeiqi

接著，又忙著去替自己找食物了。

過了幾天，野驢再到山下去覓食。這次，他又碰到了上次的家驢正跟著他的主人在趕路。

野驢站在旁邊看了看，自己又嘀咕著：

「已經背著這麼多、這麼沉重的東西了，卻因為走得慢了一點，就要被主人拿鞭子鞭打，光是聽到他的哀號聲，就讓人受不了。

看來，你能享受的一點點時光，是用這麼多的痛苦所堆積的，我又何必羨慕呢！」

Illustrator / Quipeiqi

騾子和強盜

有兩隻騾子，一隻背著滿滿的金銀珠寶，一隻背著滿滿的大麥穀物，一起出遠門了。

背著金銀珠寶的騾子，感覺到自己身上價值不匪，於是，很是風光的開心想著：

「我的身份跟另一隻騾子相比，真是又高貴、又有價值呢！」因此，騾子趾高氣揚、得意洋洋的走著，不時還要晃晃脖子上的鈴鐺，提醒著別人注意他的存在。

反觀另一隻背著滿滿大麥穀物的騾子，安安靜靜的低頭走著，一副窮酸的樣子，似乎也在告訴大家，他沒有任何一點特別之處。

Illustrator / Eason

就當兩隻騾子走到了一處樹林裡。突然，幾個強盜從隱蔽的樹林裡跳了出來。

強盜們看了背滿大麥穀物的騾子一眼後，就一起衝往背有金銀珠寶的騾子那邊，強行搶奪這隻騾子身上的財物。

騾子經過一陣的抵抗後，金銀珠寶依然被強盜搶走了，而自己也被刀給刺傷了。

另一隻騾子看著這個情況，心想：「還好強盜看不上我，我才能倖免於難。」

肚脹的狐狸

有一隻狐狸，無精打采的在森林裡四處遊走。

「肚子好餓啊！要再找不到吃的，我恐怕就要餓死了。」

說著、說著，他突然看見一棵樹的樹洞裡，竟然放著一大袋的麵包和肉。

餓昏的他，想都不想，一下子就鑽進了樹洞裡，然後，大口大口的吃著麵包和肉。

這些麵包和
肉平常夠他吃上
一整天的，但他
現在竟然一口氣
就把他吃光光。

Illustrator / Qupeiqi

「真飽！真飽！」狐狸摸著他那吃撐了、像是氣球一樣的大肚子，開開心心的準備離開洞穴。

「唉啊！怎麼這洞穴變小了，我被卡住出不去了。」

狐狸拼命的擠啊！鑽啊！但脹鼓鼓的大肚子就是卡在洞穴裡，怎麼也鑽不出來，他只好在樹洞裡唉聲嘆氣的坐著，不知如何是好。

恰巧，這時另一隻狐狸經過那裏，聽到他的呻吟聲，便過去問他原因。當他聽明白原由後，便對他說道：

「你現在還是老老實實的待在裡面吧！等到你肚子消下去之後，你就很容易出來了。」

Illustrator / Quipeiqi

獅子和兔子

一隻獅子正在森林裡找吃的。突然，他發現一隻兔子正在樹下睡覺。

獅子趴下身體，輕聲慢步的爬行過去，準備用兔子來填飽肚子。

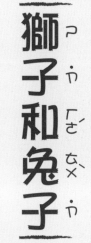

爬行到一半時，他發現一隻鹿，正好也走了過來。

「哇！這隻鹿比兔子大多了，這麼大的鹿才夠我吃個飽啊！」

Illustrator / Chen chia chun

於是，獅子突然起身，「吼」的一聲，就往鹿的方向衝了過去。

鹿看到起身的獅子，嚇的拔起腿，死命的往前跑。

這時，兔子被獅子「吼」的一聲，也嚇的跑進洞裡躲起來。獅子拼命的追，仍然沒追到鹿，只好回頭來找兔子。

已經餓昏的獅子，回到樹下才發現，兔子早就逃之夭夭了。

Illustrator / Chen chia chun

狐狸分肉

有一塊肉掉在地上，被兩隻狗同時看到了。兩隻狗都想要這塊肉，爭得不可開交，差點就要打起來。

這時，一隻路過的狐狸看見了，他也想要那塊鮮肉：

Illustrator / Eason

「怎麼樣才能把他們手上的肉，變成我的呢？」狐狸開始轉動腦筋，跟著就走了過去說：

「你們不要為了一塊肉而傷了和氣嘛！」狐狸和善地勸解說。

「要不，我幫你們把肉分成兩半吧，保證你們兩個得到一樣多的肉！」狐狸說。

兩隻狗聽了，覺得狐狸的話很有道理，也很公平，於是就答應了。

這時，狡猾的狐狸將肉故意撕成一大一小的兩塊肉，接著，連忙道歉說：

「對不起，眼睛不好，把肉分的大小不一了。」說著說著，他就往大塊的肉上咬下一大口，然後交給了兩隻狗。

Illustrator / Eason

「不行，現在這塊肉又比那塊小了！」一隻狗抗議說。

狐狸看了看說：「喔，真的是這樣，沒關係，這好辦！」狐狸又在多的那塊上咬下一大口。

狐狸就這樣在兩隻狗的抗議下，左咬一塊、右咬一塊。

最後，狐狸吃飽了，兩塊肉也終於大小一樣，公平的交到了兩隻狗的手上。

但是，這兩塊肉只剩下拇指般大小了，兩隻狗這時才發現肉不對勁，想找狐狸算帳，可是狐狸早逃跑了。

Illustrator / Eason

狼與老太婆

一隻餓的四肢無力，手腳發軟的狼，到處在找東西吃。

走著走著，經過了一戶農舍的外面。

狼準備離開時，突然從農舍內傳來了一陣陣小孩子的吵鬧聲，以及老太婆的斥罵聲：

「好了，別哭了。再哭，我就把你丟出去餵狼吃。」

狼在外面聽到這個好消息，開心極了，於是走到門口，等著。

Illustrator / Quipeiqi

經過了一段時間，裡面忽然安靜下來了。這時，狼又聽到了老太婆的講話聲：

「乖寶寶，別怕，如果狼來了，我就把他給殺了，好嗎？」

狼這時嚇的冒出一身的冷汗，趕緊夾著尾巴跑，一邊跑還一邊罵著：

「說一套，做一套，這老太婆真是表裡不一，太不講信用了。」

Illustrator / Qiupeiqi

山鷹與狐狸

山鷹與狐狸結交成好友，於是他們兩搬到了一起，想彼此就近互相照應。

此後，山鷹就住在高高的樹上築巢孵蛋，狐狸就在樹下的洞內生兒育女。

Illustrator / Eason

一天，狐狸外出找食物要給小狐狸吃，這時的山鷹們肚子也餓了。

懶惰的山鷹，為了貪圖一時的方便，就趁著狐狸不在，直接飛到樹下，將剛出生不久的幾隻小狐狸，通通抓到樹上鷹巢裡，餵給小雛鷹吃了。

狐狸回來後，發現小狐狸們都被山鷹給吃掉了，悲痛萬分，於是決定等待機會找山鷹報仇。

一天，山鷹從外面偷來了一塊熱騰騰的羊肉，帶回鷹巢裡，準備給小雛鷹們吃。

突然，「轟~」的一聲。

由於羊肉上還沾著冒著煙的木炭，因此，一碰到鷹巢上的乾草，一下子就燒了起來。接著，鷹巢就從樹上掉落了下來。

狐狸一看，報仇的機會來了。於是，馬上跑了過去，將掉在地上的幾隻小雛鷹，通通叼回洞穴裡，吃了。

Illustrator / Eason

螞蟻和鴿子

一隻螞蟻正在回家的路上。

突然，刮起了一陣大風，把這隻小螞蟻捲進池塘裡了。

有一隻鴿子在樹上，正好看到了這隻就要淹死的螞蟻：

「真是可憐的小東西，我就幫幫他吧！」

於是，鴿子叼起一片樹葉，丟到螞蟻的旁邊。

螞蟻抓住樹葉，爬了上來，終於撿回來一命。

Illustrator / Quipeiqi

一天，有個獵人打獵時，經過了這裡。

「咕嚕！咕嚕！」鴿子叫聲，讓獵人發現了住在樹上的鴿子。

獵人慢慢的蹲了下來，不讓鴿子察覺。接著，輕輕的拿起獵槍，瞄準鴿子。

就在這時，一隻螞蟻迅速的爬到獵人的腿上，用力的咬了下去。

「唉啊！」一陣刺痛，讓獵人忍不住的大叫了一聲，槍也打歪了。

因為螞蟻的報恩，鴿子這才撿回了一命。

Illustrator / Quinpeiqi

伊索寓言的魅力

《伊索寓言》是源自古希臘的一系列寓言，也是世界上最古老、影響最深大的寓言。所謂「寓言」，就是指含有道德教育或警世智慧的內容，以簡潔有趣的故事呈現出來。這些故事，有的教導人們要正直、勤勉；有的告誡人不要驕傲、不要說謊；也有的說明做事要量力而為，做人要善良為本……，各種寓意都深刻著人生的道理。

《伊索寓言》被世界公認是動物寓言的經典之作，裡面的角色大多是擬人化的動物，如老鷹、狐狸、狼、狗或獅子等等。故事篇幅大都很簡短，用動物為主角，以擬人法的方式來表現出人與人之間的行為舉止和互動，藉以形象化的說出深具哲理的內容。

《伊索寓言》為什麼能在全世界流傳兩千五百餘年，而經久不衰呢？因為故事內容形象生動、比喻貼切、寓意深刻、語意深遠、富於哲理，因此，幾千年來，都廣受大人與小孩的喜愛。

孩子在聽淺顯易懂的《伊索寓言》故事時，即使家長沒有多加說明，孩子也能聽懂寓言故事，表達出什麼事是正確的，什麼事是不對的，能自己深刻體會與理解，並增強孩子的思考與處事的方針。

相信我們每個人小時候也應該都讀過《伊索寓言》，也隨時都可以舉出幾個寓言故事告誡孩子，像是不要做個「放羊的孩子」等。不管時代如何進步，《伊索寓言》將永遠陪伴著我們一起成長。

伊索要教育孩子的事

◎「烏龜和老鷹」

任何人、任何事情都有自己的規律性與天賦，決不可違背這個規律。現在很多父母們通過各種辦法及管道要求自己或者孩子們，做自己能力所不及的事情，就像是教兔子學游泳一樣，最後都會得不償失的。

每個孩子都有各自的優點與缺點，雖然在某方面，我們可能不如別人，但我們也不能自卑，我們一樣有其他人沒有的優點啊！

◎「牛和青蛙」

孩子，你要知道，即使你再高大，也有人比你更高大；即使你再聰明，也有人比你更聰明。這故事要我們懂得，我們每個人，看到的、聽到的、學到的，都不過是宇宙中小小的一角，千萬不要自以為是，要學習懂得「謙虛」。正所謂「人外有人、天外有天。」就是這麼一個簡單的道理啊。

◎「獅子和老鼠」

即使再弱小的人，身上都有他特有的強大力量，就像這隻小老鼠一樣，所以我們不能看不起任何能力與力量比我們小的人。同時，我們也要學獅子放過老鼠的「寬大胸懷」，要相信好心有好報；還要學習小老鼠，懂得感恩並且懂得知恩圖報。

◎「放羊的孩子」

藉著「放羊的孩子」的故事，告訴孩子們不要說謊，更不要用謊話來捉弄別人。尤其是謊話說的越多，越讓別人不相信你、討厭你。

當別人認為你就是愛說謊時，即使你不說謊說實話了，別人也還是認為你在說謊話。當你真的需要別人幫助時，別人也不會願意幫你。

◎「狐狸和葡萄」

故事中狐狸吃不到葡萄，就說葡萄是酸的「酸葡萄心理」，是我們時常看到人們「想得到，卻又得不到」的一種自我安慰的方法。

「酸葡萄心理」有好跟壞的兩面。比如同學有人受到老師表揚，不服氣的孩子就有可能會說是老師偏心……等等，這是一種不好的「酸葡萄心理」。因為他不想著自己的不足、不夠努力，卻是去醜化別人，扭曲事實，這樣是很不好的。

但如果孩子能跟故事中的狐狸一樣，把對自己受打擊的心，利用「酸葡萄心理」形成不傷害他人的一種自我安慰的方法，卻是能緩和孩子情緒、重拾孩子自信心的好方法。

◎「螞蟻和蟋蟀」

告誡孩子們要學習螞蟻的勤勞，如果像故事中的蟋蟀一樣，只會好吃懶做、就會因為懶惰而餓死。同時，也要孩子跟螞蟻一樣，能多看遠一點，想玩樂時，要先將該做的事情做完，先苦後樂，後面才能玩的更開心。

◎「龜兔賽跑」

跑的快是兔子的長處，走得慢是烏龜的短處，我們要孩子明白，每個人身上也都會同時存在著長處和短處。當面對我們的長處時，我們不能像兔子一樣驕傲、輕敵，這樣就容易被別人趕上反而輸給別人。當面對短處時，我們也要學烏龜一樣，只要我們能夠不自卑，懂得「勤能補拙」，一步步的往前走，一樣可以贏過許多人的。

◎「驢與騾子」

這則寓言說明了在一個團隊裡互助的重要性。故事中騾子因為自私而害死了驢子，但最終也害了自己。所以，小朋友做人可不可以太自私呢？小朋友要記得「助人為快樂之本。」這句話。只要我們可以做到的，何不伸出手來幫助別人呢？況且，很多時候，幫助別人就是在幫助自己啊！

◎「兩隻狗」

看到這個故事，父母是否應想想，自己是如何教育孩子的？要知道，孩子有時的好吃懶做，

都是父母養成的。有些父母還會怪孩子不做事或不會做事，但其實，父母是否給過孩子學習做事的機會呢？

另外，父母必須讓孩子明白，看門狗看家，功勞也不小，這只是責任分工，獵狗不應該只把自己的功勞放大，而忽略了看門狗的重要性。人也是如此。

◎「生金蛋的雞」

問問孩子們，如果這是他們的雞，他們會怎麼做呢？事實上，我們應該好好愛護這隻能幫我們下金蛋的雞，應該好好珍惜現在所擁有的，我們不能過於貪心的想得到更多。貪心的人往往都會因為自己的貪心而做錯事，現在很多壞人，也都是利用人的「貪心」在騙人的。

◎「蝙蝠與黃鼠狼」

小朋友，蝙蝠為什麼會撞樹？因為牠做事不專心，不專心做事就容易發生意外，發生危險，所以小朋友做事可不可以不專心，邊做邊玩呢？

另外，這篇寓言故事還教會我們什麼呢？隨機應變。蝙蝠兩次死裡逃生都是牠能隨機應變改變了自己的名字，所以我們不僅要做事專心，還要能學會「隨機應變」。

◎「百靈鳥搬家」

孩子們，當你下定決心要去做一件事情時，你是想找人幫忙，還是自己馬上去做呢？如果你先想著有什麼人可以幫你，代表你沒真正下決心去做好這件事，只有當你不寄希望於外力，願意親自動手做時，這才是真正下決心了。

◎「山羊與驢」

我們不要看到別人有什麼地方強過我們、比我們優秀，就眼眶發紅，起忌妒的心，就容易做出錯誤的事情，最後，不僅僅得不到任何好處，更會讓自己得不償失喔。當然，或許你只是想惡作劇一下，但惡作劇有時也會讓你自食惡果的。

◎「愛計較的鸚鵡」

凡事不能吃一點點虧，總是愛比較的人，我們就叫做「愛計較」。哥哥的蛋糕比較大，弟弟的玩具比較多……有許多小朋友會有這樣的毛病，做父母的千萬要改善孩子這樣的小毛病，否則孩子等長大後，就容易因計較的個性，而犯下更糟糕的錯事。

◎「狐狸和山羊」

孩子不要學習狐狸只為了自身的利益，就去欺騙別人。同時，更要孩子以山羊為警惕，更不要輕易相信陌生人的話，父母必須讓孩子有保護自身安全意識，最好不要輕易跟陌生人談話，或是拿取陌生人的東西，這都是有危險的動作喔！

◎「小羊和狼」

狼的本性是兇殘的，牠就像是壞人一樣，牠們對自己要做的壞事，總會找一大堆的理由來當藉口，我們不應該跟狼和壞人一樣，總是找理由來逃避自己做的錯事、壞事，那是不對的。

同時要知道，很多時候你想跟這樣的人講道理是不行的。所以，我們平常就應該盡量遠離那些壞人或是要對你做壞事的人。

◎「野豬和狐狸」

生活中的許多意外、危險，都是突然誕生，它是不會時先提醒我們的。如果我們能把故事中的狐狸當作是一種警惕，學習野豬，在平常時就做好萬全的準備，那麼就可以從容的面對未來的不確定因素了。

◎「驢子與小狗」

許多事並不是只看著別人怎麼做，自己跟著做，就能得到同樣的結果。每個人都有自己的特色與專長，必須了解自己，做適合自己的

事，才能得到他人的欣賞與喜愛，而不是盲目的跟隨著別人的腳步。

◎「農夫和他的孩子們」

孩子們，你們知道農夫為什麼要說田底下埋有財寶呢？因為農夫知道，他的孩子們只要肯去翻動田地，就會讓第二年的農作物變成財寶了。故事裡這位老農夫留給他懶惰兒子們的真正遺產，其實就是「勞動」。要記住，天下哪有不勞而獲的事？勤耕耘才有好收穫！

◎「野驢和家驢」

每個人都有自己的快樂與辛苦，我們不必去羨慕他人，把自己該做的事做好，這才是最重要的。同時，也要讓孩子明白，所有的快樂，都是經過自己的辛苦努力所換來的，沒有人能不勞而獲的。

◎「騾子和強盜」

孩子，這個世界上好人雖然很多，但是壞人也不少，所以我們必須時時注意自己的安全，尤其是在外面，更要注意自己的一舉一動。有的小朋友在外面到處跟別人炫耀說自己有多少錢，家裡有多少好東西，結果卻被壞人盯上，遭遇到不幸。「錢不可露白」這句話就是告訴我們，凡金錢或是

貴重的東西，都要盡量不要讓別人看到，以免引起了別人的壞心計。

◎「肚脹的狐狸」

時間能幫助人解決許多問題。有時我們遇到的任何不開心、不如意的事情時，我們不需要太傷心、太煩惱，時間久了，問題自然就過了啊！另外，要孩子知道，即使肚子很餓、或看到很喜歡吃的食物，也不能像那隻狐狸一樣，一次吃的太多，這樣是很不好的喔！

◎「獅子和兔子」

獅子為了更大的鹿，卻放棄已經到手的小兔子，使牠兩頭落空，什麼也得不到，就是因為獅子太貪心了。現在也有很多人，因為貪心去追求更多的利益，而失去本來所擁有的。所以，我們孩子應懂得「知足」，珍惜自己現在所擁有的，不要讓貪變成貧。

◎「狐狸分肉」

我們不要總是要為了一些的小事，而爭個你死我活的，這樣雙方到最後，都得不到任何好處的，也反而會讓壞人有機可乘，得不償失的。凡事，我們不要太計較，反而會得到更多的好處。同時，在做任何事之前，也

應該勤快的先動動腦筋，才不容易受騙上當。

◎「狼與老太婆」

故意主要有兩個涵義，首先我們要學會聽懂別人說的話，是開玩笑的還是正經的。很多時候，朋友之間的一個玩笑話，卻被誤以為真，結果造成誤會傷害了兩個人的友情。另外，我們也需認清一些信口開河、說話不算話的人，以免受騙上當。

◎「山鷹與狐狸」

小朋友，你們要知道，如果你對朋友不好，你能希望朋友對你好嗎？要記住：你希望朋友怎麼對待你，你們就同樣的要那麼的對待朋友。同時，對於像山鷹這樣的朋友，我們是不是應該遠離他呢？背叛朋友，不與朋友講道義的人，是永遠交不到朋友的。

◎「螞蟻和鴿子」

孩子們，如果別人對我們好，我們是不是也要懂得對別人好呢？那別人對我們不好時要怎麼辦呢？其實，我們應該對他更好，他一定會覺得自己很不好意思，以後就會對我們更好了。

這則故事是要告訴小朋友們，動物尚且懂得報恩，那我們人是不是更要知道報恩呢？所以，小朋友長大一定要懂得孝順父母，才能報答父母的恩情喔。

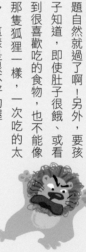

國家圖書館出版品預行編目資料

伊索寓言80篇 / 伊索著. -- 新北市：大智文化,
2018.07-
冊；14.8*25.7公分. -- (精典世界名著；1)
ISBN 978-986-95681-9-7(第1冊：平裝)

871.36　　107007830

伊索寓言80篇（1）

精典世界名著 01

作　　者　伊索
繪　　圖　Quipeiqi / Eason / Chen chia chun / Chuchu Bug / Yun TT
出版統籌　吳昊豪
美術統籌　LEO CHANG
執行編輯　劉忠與
內頁設計　COCO 王
封面設計　COCO 王

出　　版　大智文化有限公司
電話：（02）8665-8239
傳真：（02）8665-8239
e-mail：ycc0922@gmail.com

總 經 銷　易可數位行銷股份有限公司
地址：新北市新店區寶橋路235巷6弄3號5樓
電話：（02） 8911-0825
傳真：（02） 8911-0801
e-mail：books-info@ecorebooks.com
易可部落格：http：//ecorebooks.pixnet.net/blog

香港總經銷：豐達出版發行有限公司

初版日期　2018年7月
再版日期　2019年1月
定　　價　280元